蟋蟀的一生是我的一个夏天
我的一生又是谁的夏天

草木寓言

萌娘 / 著

作家出版社

萌娘 本名贺平。作家出版社编审。文学硕士。中国作家协会会员、中国报告文学协会理事、中国散文协会会员、民进中央出版传媒委员会委员、中国女画家协会会员、哈尔滨师范大学客座教授。1977年考入哈尔滨师范大学中文系，1988年考入北京师范大学研究生院。种过地、教过书、当过媒体记者、编辑、执行总编。

1979年开始发表诗歌、散文、小说、报告文学及新闻作品。出版过散文集《秋天的钟》和长篇报告文学《源自北卡罗琳纳州的河流》。八十年代获得《北方文学》诗歌一等奖，全国大学生文艺汇演双人舞一等奖和哈尔滨之夏舞蹈奖。九十年代获得《人民文学》散文奖、《上海文学》散文奖、中国作家协会全国散文征文一等奖、第二届国家优秀图书提名奖、黑龙江省天鹅文艺大奖散文奖。2000年以来，获得"徐迟报告文学奖"、《人民日报海外版》"世纪之光"纪实文学奖。绘画作品数次参展中国作家协会书画展、中央直属机关"美丽中国"书画展、"首届中国多民族作家书画展"、台湾金门诗酒文化节"世界百位艺术家诗书画展"，作品被金门县政府收藏。个人绘画专集收入英国泰晤士出版传媒集团艺术网站。

一本值得珍藏的诗集

萌娘：

从昨晚到今天上午，我静下心，认认真真地读完了你诗集里的几十首诗。

你知道，我是个伪球迷，昨天刚从河南汝州会议回来，我看了晚8点和晚11点的两场世界杯足球，之后就坐下来读你的诗。诗集中有十几首诗，我在诗刊发稿的时候曾反复读过，现在它们又一次深深地吸引了我，打动了我。让我一捧起来就放不下，居然放弃了半夜两点钟德国对瑞典那场生死攸关的比赛，一气读完。

真是这样，你的诗一点儿也不做作，不矫情，不虚张声势，就像澄澈的溪流从山涧淌过，月光洒在万籁俱寂的大地上，是那么的真诚，那么的自然和朴素。比如第一辑"草木寓言"，写当年上山下乡，这段经历在别人心里留下的，往往是幽怨、悲苦，痛惜岁月无情，青春不再，而你却保留着对那个年代最纯真的记忆，最静好的情怀，就像戏剧商店橱窗里陈列的那双红舞鞋，你说"它不是被太阳晒旧的"，而是被"我的眼神磨旧的"，想旧的。那种漂浮在似水流年中的真情实感，晶莹剔透，呼之欲出，让我作为一个读者在几十年后的眺望中，都会为你感动，为你眼含一滴泪珠。

实话说，过去我一直在军队刊物编诗歌，关注的多为军旅的东西，诗句也比较偏爱沉雄和悲悯一类，因此对你的诗歌接触不多，读得也不多。现在集中起来读，无法不被你在平静中孕育的深邃，舒缓中传达的清纯，还有诗歌语言的朴素无华所打动。它们简约简洁但不简单，通达通泰但不通俗，高蹈高洁却不居高临下，只因为你注重于对生命的领悟，对世态炎凉的漠然处之。例如你对时间的流逝，如果没有触目惊心的恐惧，就不会把海浪的声音，听成"上帝抽动宝剑的声音"；还有"你的心要是没有痛过／你就不知道心在哪里"，有一定阅历的人才能读明白，你这些诗，不是凭空写出来的，而是在岁月中，在生活中"痛"出来的。

再有，你的诗想象力丰富、自然，甚至没有留下任何痕迹，完全具备当下一些前沿诗人的敏锐、娴熟和出其不意，这让我大为震惊。比如"拾起电话／听筒里伸出盛开的丁香／闭上眼睛／一滴泪比江水更辽阔"，那种联想和跳跃，是何等新颖，何等活鲜和空灵！以至，我为你一直未坚持诗歌写作，至少是未勤奋写作，感到可惜。

正是想到以上这些，我认为你这本诗集不仅值得出版，而且值得珍惜，珍藏，至少我是会这样做的。

天热，顺祝珍重！

刘立云
2018 年 6 月 23 日

---

* 刘立云，军旅诗人，作家，鲁迅文学奖得主，《解放军文艺》原主编。

目　录

融入草地

一个男人和少女们

流浪北京

没有一片雪落在错的地方

草木寓言

火车站

那个八月的火车站
一个行李卷儿
便卷起了我的春夏秋冬
我身上最值钱的
就是母亲的眼神

母亲向我挥手
整个车站便开始颤抖
我使劲咬着嘴唇
一句话也说不出来

哈尔滨被魔法卷走了
我只是眨了一下眼睛
火车站便在我身后蒸发
我只是一转身
背景中的家

就变成了老照片儿

我的眼前只有
山
远山
更远的山

1991 年冬

草木寓言

在绿皮火车和柳河之间
我们有了知青这个名字
在冰冷的石头和眼神之间
我们有了不可动摇的目光

在红色书籍覆盖的日子里
我们多么渴望五彩斑斓
在每一场雪每一场雨后
我们叩问苍天——
我到哪里去

无约而至的大雨
模糊了稗子与谷子
混淆了尊严与卑俗
我们无处躲藏
找不到城市的屋檐

但是我们听见了自己
身体拔节的声音

蜡烛的光线很弱
我们就在这缕光线中长大
在一望无际的大豆高粱之间
我们创造了自己的草木寓言

柳河的风坚硬而无情
青春被这里的风一点点擦亮
不论山野多么荒凉
新鲜的日子
总会从山路上走来

1991年9月

母亲的叮咛

母亲不写诗
不写散文
也不写报告文学

母亲写得最好的文章
就是写给我的信
母亲最柔软的文字
是给我织的毛衣

每件毛衣都有相同的织法
每封信都有重复的叮咛
我曾经喊着要挣脱那些叮咛
而当上山下乡的口号惊涛般涌来
我才知道自己的声音
多么幼稚多么弱小
我再不厌倦母亲的叮咛，就像

我永不厌倦太阳和天空

从此，母亲的信
每天在衣裳里回响
我的手插进口袋
母亲的体温就传遍我全身
直到这些信磨成碎片
与蒲公英随风而去
从此
母亲的眼神便在空中飘荡
那漫天遍野的绒花啊
每一片
都是母亲的叮咛

1991 年秋

黄昏速写

山林是个神秘的火车站
空中飞的土里爬的
水里游的路上走的
都被它调度得井然有序

食堂的土房子喝醉了
在树丛里蒙眬着睡眼
凑着夕阳点一支烟
灶房的烟囱便吞云吐雾

蒸汽与晚照美轮美奂
拾馒头的女知青若花若仙
古老的面香到处招摇
饭盆声声
山雀喳喳

1991 年冬

妈妈，我还是想家

妈妈
告诉你一个秘密
戏剧商店橱窗里的红舞鞋
不是太阳晒旧的
它是被我的眼神磨旧的

没人知道
那双红舞鞋早已被我带走
我把它藏在柳河的太阳里
只要看见太阳
一切不能忍受的苦难
都变成温柔的力量

妈妈
我真想把群山叠成楼梯
穿着红舞鞋跑回你身边

收音机天天说"下乡光荣"

可是无论下乡多么"光荣"

妈妈

我还是想家

1991 年秋

李白的月亮

那年秋天最大的收获
就是在麦地里找到了月亮
李白给我们的那个月亮

我们走向月亮的深处
与天地做伴
暖热了那块地老天荒的石头

千百颗星星沉入大地
没有溅起一点声音
几只鸟穿过月亮
它们脱下影子盖住了我的思念

英蓝杂货铺飘来烧酒的味道
绣凤的二胡在窗帘后面拉响
在那座刻着"1925年"的楼上

外祖母窗口的灯光
比李白的月亮还亮

1991 年秋

邮递拖拉机

那些个遥远的傍晚
拖拉机轰鸣成了最美的音乐
我们和一群惊飞的麻雀
呼啦啦落到了山路口

那一车故乡的阳光
那一车爹娘的嘱咐
那一车满满的爱情
是保证我们活着的精神食粮

我在那车上找到母亲的信
找到小时候的某个早晨
还意外地
找到了中学时代的一声口哨

送信人坐在车上

像皇帝一样俯视我们

那个傍晚

他有权调动每一棵树木与花朵

每一条溪流和土地

1989 年 5 月

一个诗人的诞生

在山里
从我写诗的那天起
树木、青草和果实
便以诗歌的方式活着

在山里
我没想做诗人
我只想用竹板敲醒诗歌
为长征的老战士撑一片绿荫 *
只想让诗歌穿过喉咙
花香便清洁了我的身体

在山里
睡觉枕着诗
走路踏着诗
劳动应和着诗的节奏

一些酸甜苦辣的诗意
潜伏在皮肉和草木之间

在山里
那些前世遗落的词语
从天上飞来
从河里游来
从树上长出来
绵绵不绝
山里的诗会没有开始
也没有结束

在山里
我写了很多诗
很多诗都随风而去
唯有我
被时间写成了诗

总有一天我会住进诗里
深居简出
舞蹈的腰肢越来越僵硬
而我的心

越来越花团锦簇

我的目光啊

飘散着草木的气息

刊于 2009《知青》

---

* 五七干校的小长征，就是让到此下放的老干部一天走上七八十
里山地。作者被派去做宣传队员，现场写诗、打竹板说唱。

没有电灯的晚上

那些没有电灯的晚上
我用山里的烛光
冥想故乡的路灯
我能背诵出中央大街
每一个店铺的名字，还有
烟囱上的鸽子
杂货店的门铃
秋林公司沉重的门帘儿

当磨刀人的吆喝声
从丁香树后面传来
戴白色纱巾的女演员
正神仙般地从我身边走去

索菲亚教堂的彩色玻璃窗
突然被打碎

木桌上的红烛
灭了

1992 年冬

老树的一生

在那个哈气成冰的冬夜
一截老树墩儿
在炕洞里解开年轮

火　敲着噼啪的响板
解放了百年前的太阳和鸟
花朵和风

这是最后的诉说
老树墩儿打开这座山的档案
解读古老的风雨阴晴
落了满地的可不只是叶子
那是老树的眼泪

老树墩儿用最后的力量
举起年轻的光芒

寒夜渐渐退出
窗口正在放白

一棵树的光阴
从我指缝间飘落
我从黎明中出发
老树墩儿
你不是存折上的东西
你是我背景中的亲人

1991 年秋

山火之夜

月亮被山火烧红了
火焰像女妖的手指
神秘莫测
她抚过森林
千百万星星沉入大地
她轻轻一笑
便夺走了我的声音和空气
喉咙就像烧焦的树干
唯一的水
就是眼泪

那一夜鏖战
我们成熟了
我们是在山火里烧熟的

在烧焦的土地上

我们躺成"人"字

星星在弥漫的烟雾中走散

一些走进我的眼睛

一些爬上烧焦的树干

夜色与焦土混沌一片

看不清哪里是天

哪里是地

谁的手指无意间划破夜空

一只蓝鸟从裂缝中飞来

它带来发白的地平线

带来喷薄而出的真理——

活着

1991 年秋

火炕印象

在东北的火炕上
四季浮动着干草的气息
东北女人
在火炕上由青变红

唱一声"月牙五更"
男人便魂不守舍
叫一声喝酒上炕
炕桌便聚满炖菜杂粮

酣声如雷的男人
枕着二人转入梦
那一声"呀呼哎嗨哟"
足够温暖整个冬天

窗上的鸳鸯照红炕席

女人在火炕上养育北方
火炕就是她的圆满
她一生没有走出火炕

今晚没有月亮
此刻
谁的鼾声响起
在我睡过的火炕上

1991 年冬

草　帽

是谁把滚滚麦浪编辑成草帽
让麦子成为人的顶上文章
收好麦子那天
我们也收起了草帽
收起朴实又卑微的金字塔
纪念麦子

想着明年
草帽整装出发
高举着麦子的灵魂
走入红尘而高于红尘
一路散发着麦子的慈爱

想着明年
金色的麦地里
草帽高于所有的麦子

它在天地间讲着古老的麦事
年年送来那些微小的满足
微小的忧喜
微小的悲欢

今晨大雪落满城市的屋顶
草帽挂在北京的墙上
成为一幅昨日风景

1992 年冬

刊于 2008《知青》

井台上

农场在少女的扁担上
吱吱扭扭地醒来
在少女哼唱的样板戏里
咿咿呀呀地醒来

那些从古诗里飞来的鸟
每天在井台上
落下又飞起
打水的声音
每日在井壁上回荡
少女日复一日地拉起井绳
用青春抵抗古老的重复

一张又一张女人的脸
在水井中折旧
一只又一只水桶

在井台上苍老
唯有那挽辘轳的方式
世世代代永不更改
似鸿雁来去
如春草年年

1989 年 5 月

花是主人

一条小路走来，带我们
去一个叫四营的地方
扒开荒草杂树
我们找不见四营的太阳

半块井台
在荒芜中仰望天空
不复存在的水桶碰响
隐约的墙基
变成了斯芬克斯

当年的营房
已经沉入大地，还有
那个摇曳着向日葵的窗口
摆着《毛选》的旧桌子
四营是打开的书

里面却不见了故事

词语"四营"退役了
"扎根派"更是一哄而散
唯有草木依旧葱茏
山花排着队在风中行走
在开阔的时间里
它们才是这里的主人

　　　　　　1991 年秋

又见炊烟

在三分场的山路上
我找到一只光照四野的足迹
也找到那缕衣袂飘飘的炊烟

那个遥远的下午
我把山路走丢了
山里没有十字街头
谁能破译草木的语言

傻傻的我
站成一棵白杨
浑身睁开了绝望的眼睛
眼泪啪啦啦落入大地
顷刻间落叶纷飞
山坳里捧出一缕炊烟

那白衣仙女般的炊烟

如梦如幻

就是她找到了我

送我回到营地

陪我走向永远

1991 年秋月

那是文字还是麦子

我们和大雨抢麦子
每一颗麦粒儿和雨滴
都铸成了青春的日子

会战之夜
联合收割机吵翻了夜空
月亮无眠
在瞌睡中滑进我的水碗

我无意中喝下那枚月亮
它点亮我身体里的灯
照亮麦子
和我的一生

如今案头上红尘滚滚

读着读着就会模糊

那是文字还是麦子

2008 年 7 月

致英子

我离开山地的那天
你扶着大柳树
一下一下数着心跳
回头看你
视线被折叠成不尽的山峦

当我又见远山
你种的罂粟
已是千呼万唤的美人
她们以你的方式
在我们居住过的房前
选择露珠和风

附近的树丛
传来你的歌声
我回头看你

你就变成了树叶

今晚，你的语言
堆放在我枕边
她们碰撞着
叮咚作响
那声音
将缠绕我一生

罂粟如火翻过山岗
那些无声的诺言
围绕你的墓碑
罂粟多美
你的微笑就多美

1991 年冬

油灯的记忆

——为李斌同名油画而作

一

油灯亮起

年轻的光芒

驱散土墙上的荒凉

火炕上的女知青

睡成橘色的山谷

优美的谷地

温暖而柔软

微微起伏的弓形

托起一天星月

一只飞蛾趴在墙壁上

它偷看上苍造化

没有春花

但有香气

二

月亮挣脱了夜的山峦
少女挣脱了粗布衣裳
一盏油灯
向温润的皮肤借来光芒
少女向水盆打开身体
放出年轻的花朵

秀发轻轻甩动
黑色的波澜流光溢彩
沿着油灯的光线
她回到女人时空

她是最后的小人鱼
一颗女儿心每夜长出
她可以赴汤蹈火
她可以英勇无畏
每到早晨
她就被星辰带走

明天

你找不见烛光里的少女

在早晨的麦地里

一片黄的灰的衣帽

一群男的女的知青

2008 年夏上海

1977 的火车

我们用生命追赶的火车
是 1977 的火车
就是这班绿皮火车
在真正的严冬来临之前
帮我们准备好粮食和眼光

我不记得
那个冬季高考多么寒冷
我只记得心要跳出卷子
要跳出那扇飘进雪花的破窗

那长方形的不是卷子
那是火车尾部的门
一个字就是一次心跳
一道题就是一寸铁轨

奔跑，踩着文字还是铁轨
奔跑，跑散开的辫子
化成那个冬天里的春风
我不敢回头
拼命追赶那十年一趟的列车
却怎么也追不上心跳

我终于推开哈师大教室的门
满室阳光，我睁不开眼睛
一个光芒四射的讲台
站在苍茫原野上

哦，1977 的火车
亲爱的火车
你带我逃离的不是土地
而是荒芜

1991 年秋

归　来

你回来了
你的手没有回来

你的灵魂回来了
你的身体没有回来

你的身体回来了
你的青春没有回来

寻遍高楼的缝隙
童年的星星不知去向

淘尽万家灯火
找不到属于自己的窗口

不敢看坠落的树叶

就怕它成为某种象征

总有门在远处碰响
总有窗在夜色中熄灭

那些门那些窗
那些繁华那些灯光
和你没有关系
所有失去的都隐入土地
在哪里找到青春的介绍信

站在故乡的街头
你变成了异乡人
满城街灯一路追问
你是谁
你去哪儿

你不承认一无所有
因为你还有骨头
你不需要怜悯不需要施舍
只想高唱

《向天再借五百年》*

夜晚，你走到城市的深处
塑料鞋叫醒马路
中央大街上的石头
排起队伍追你
轻轻呼唤你的名字：
知青
　知青
　　知青……

2008 年 7 月

---

* 《向天再借五百年》，电视剧《康熙王朝》主题歌。

在咖啡馆

那时候
我们每天都想证明自身
多么心红志坚
多么无私无畏
每次播种
都恨不能把自己种在地里

今晚，麦子熟了
经过四十多个春夏秋冬
麦子在我们身体里熟了
成熟的麦子垂着头
行走在城市的大街小巷

在咖啡馆
我们沉默如麦子
端起咖啡
有句话已经找不到嘴唇

守着咖啡
仿佛守着当年的麦垛
我们悄悄唱《莫斯科郊外的晚上》
我们把麦垛的阴影
当作故乡的郊外

当年我们香气四溢
浑身散发着麦子的清香

你是一粒沉默的麦子
我是挨着你的另一粒麦子

你知道
有多少麦子下落不明吗

吧台上传来"哗"的响声
是什么洒了

麦子，你说
是遗忘在时间夹缝中的麦子

2018 年春月

重返柳河

我以为习惯了
当年的词语落荒而走
我以为习惯了
二十岁的绿色被轻描淡写
柳河
当我与你凝眸相望
我心中那块叫不醒的冰
突然从眼睛里溢出
一滴一滴沉入大地

柳河
走过你为我设定的苦难
我回来了
生命的绿色正在返青
小麦和玉米的根部
还保留着二十岁的气息

迎风招展的花朵
呼唤我放下俗世的重负
当年我们在这儿播下种子
今天我们来收获自己

柳河
我跪在你的土地上
亲吻着那些弱小的植物
我曾经比它们更弱小
柳河
你教我辨识稗草和麦苗儿
让我明白
不是每一颗种子都能修得圆满
你教我认识季节
让我懂得
什么叫坚守诺言

我曾经拼着命要走出柳河
如今我知道
我一生都走不出柳河大地
我曾经恐惧"扎根"的字眼儿
如今

柳河已经扎入我的骨头

柳河没有干涸
柳河已经流入我们的身体
不要流泪
我的战友
就怕泪水碰伤柳河
青山绿水会放声痛哭

看田野上走来的年轻身影
那是二十岁的我
二十岁的你
二十岁的他
在柳河，我们青春永驻
在柳河，我们永无退休

2016 年 8 月

融入草地

望东方

一、等待

顶着寒冷的星星
踏碎小路上冰凉的露珠
我来到海岸的峭壁上

海，张开黑色的翅膀
我没有畏惧
只有燃烧的向往

在漫长黑夜的跋涉中
我焦渴的心
已经炼成一颗太阳

二、东方发白了

东方发白了

你还没有到来，太阳
我的眼睛盼得发胀

我没有更多的欲望
只想分到一丝温暖
以人的姿态站在大地上

是我的心不诚吗
那小路边荆棘上的血珠
闪耀着我的忠诚和胆量

三、你还不来

像相信一加一等于二
像相信春水东流
我从不怀疑你的准时

乌云挡不住你升起
冷风吹不散我相思
尽管我的嘴唇已经冻得发紫

我用"永远"等你，太阳

即使等你一生
即使我化为海上的礁石

四、诞生

我的眼前突然明亮
大海像临产的母亲
捧出一颗跳动的心脏

太阳，庄严的太阳
隔着大海伸来金色的手臂
把冻僵的我拥抱在你的胸膛

突然的幸福使我睁不开眼睛
睫毛下涌动着条条彩虹
是你融化了我心中的忧伤

五、我听见你来了

我听见你来了，太阳
你那隆隆的脚步
踩响了每一个波浪

我暖和了，太阳
请穿我而过吧
去拥抱万物生灵

快去温暖萌芽的小草
快去照亮失明的心灵
快去，快去穿透冤狱的高墙

1979 年 8 月写于北戴河鸽子窝

刊于 1980 年 11 月《北方文学》

获得 1981 年《北方文学》诗歌一等奖

致太阳

一

你从夜的尽头
出现在我心灵的东方

我昏暗的心天
浮出一尊火的塑像

眼泪落到你手中
变得比珍珠更辉煌

顺着你的指引
我奔向橘红色的希望

二

当我还是个小姑娘

昏暗的生活积满忧伤

向往却不敢呼唤
虽然我期待你神圣的光芒

当春天唤我出屋子
正迎着你火热的目光

我心中的厚冰化了
紧紧地偎着你的胸膛

三

在我心灵的原野上
你投来金色的火炬

草木放声歌唱
引来一城春雨

我的泪水闪耀着火彩
从你的朝霞中流溢

泪水中长出七色花朵
那是你种下的奇迹

四

一千根金色手指
举着我一千次心跳

你为我搭起彩虹之门
用七彩锦缎给我新妆

穿过那扇门
我就是你的新娘

在你流光溢彩的拥抱中
我说出了这辈子的梦想

1979 年 8 月写于鸽子窝
刊于 1980 年 6 月《雨花》

在音乐厅

我们坐在最后一排
听巴赫
听柴可夫斯基
我们是穷学生
我们却拥有柴可夫斯基

我们坐在最后一排
听一个外国音乐家
他不住在北京
他有寂静的房子
鹅毛笔
旧式钢琴
映照着可爱的沉思
寂寞的旷远

大厅四壁在陷落

雅座渐渐消失

我们重新找到故乡的阳光

大海、森林和道路

正在向我们围拢过来

我们坐在最后一排

这有什么关系

音乐厅有上千个座位

却没有上千个柴可夫斯基

1989 年秋

融入草地

坐在江南堤岸上
你读一位美国诗人
水绕着你的声音和木船
流向夜空

那些逝去的伟大诗人
坐在你我之间
在他们创造的另一个自然里
我们融入蛙鼓虫鸣的草地

水，带走城市的灯光
也带走我的鞋子
四周充满草的气息
城市
已经离我们很远很远

我的草帽还在木船上呢
你拉起我的手追赶木船
回来的时候
小路已经长满青苔

1981 年夏

灯 光

傍晚的雪收藏了道路
你怎么找到我的
扛着漫天大雪送来米
你是怎么找到我的

你说，窗口亮了
可我的窗口很小啊
你说，它是灯塔
也是精神和想象

今晚的炉子里
是普罗米修斯之火
我们守住火
就是守住一部《圣经》

不为烤火来

不为借光来

想象这炉火

将伴我们度过

不可预料的严寒

我们为想象来

1982 年 12 月

刊于香港 1983 第 112 期《诗风》

窗外的树

黄昏舒展着宁静
那树正扑向我们
你说，它真美
我看见了
我看见树枝剪碎天空
想对你说一句话
可是我没说

树与树重叠
过去与未来重叠
它们都不是
都不是我想说的

夜里我听见
有声音从那树传来
我的心怦怦跳着

我想春天已经到了
那是一群绿叶的舞蹈吗

秋天总会来的
秋天你还会记得这树吗
这世界有很多很多树啊

我的心怎能不痛
想着今晚的树叶
将在我掌心里苍老
想着青枝绿叶也会枯黄
还要说什么呢

1989 年 5 月北京

歌是唱给自己的

再唱这支歌
我会想起这条河
想起这盏灯，想起你
把我深深藏在这歌里

当我对你说
歌是唱给自己的
那歌便从今晚出发
它去一个遥远的冬天等我

我坐在遥远冬日的窗前
看白雪覆盖了镜子
镜子不再年轻
你是我唯一的风景

那歌远远地来了

它坐在我对面

它端那杯茶

伸出你的手

它用你的眼睛看我

我的脸红了

它说它是《世界的末日》*

我想末日并不可怕

1989 年 4 月北京

---

* 美国歌曲《The end of The world》。

雾

雾从眼睛漫到窗外
然后是整个冬天
我看不清
窗外的形形色色
远远近近

雾教会我们看东西
它让我们目光变得温柔
城市不再坚硬
街道因为害羞而格外美丽

雾让我变得勇敢
轻轻为你哼起那首老歌
只有在歌里
你才能看见真实的我

你在雾中拉住我的手
手心里有嘴唇和眼神
左手是音乐右手是诗
你的指尖饱满而有力
都是我从未听过的语言
感谢雾
雾让我感到实实在在

远处有汽车鸣响
一声紧似一声
窗外，风景在雾里
窗内，我和你
也在雾里

1990 年 12 月北京

往 事

树叶在书中已经黯淡
往事却纷纷明亮

我看见树叶里的海
我将终生记得那座靠海的城市
和你带来的广式月饼
叶脉就是海边的小路
你从每一条小路上走来

我把你捧在手中
我把自己捧在手中
1983 年你眼睛里的光辉
现在从你的灵魂中散发出来

有风吹过我的指缝
那风从海湾吹来

1991 年 12 月哈尔滨

夏　夜

三十年前的星星
从陌生的小镇升起
房子、路灯和树木
都向我们身后走去

不问前程
我们只要行走
任凭脚步声
响彻八月小城

我叫不出那个街道的名字
只记得你领口上的纽扣
好看得让人肃然起敬
我知道
那就是永生

2008 年夏

秋日江南

一

看见这两片腊梅树叶
就知道我去过你的旧居

木门对面的石桥上
响起你童年的脚步声

河里的房子
和岸上的房子一样

叶子是古镇的地图
也是你的家谱

二

青色屋瓦

江南女人的刘海

乌黑的窗棂已破损
母亲的眼神却在那看你

桥下流走了夕阳
也流走了你家的日子

是谁创造了河岸上的黎明
点燃了做桂花糕的炊烟

2010 年 9 月

一个男人和少女们

一个男人和少女们

我走了很远的路
来看一块石头
看一位写石头的人

他那么懂得少女
他懂得那么多少女
那些少女
在几百年前的纱窗下
绣花，花就香了
绣鸟，鸟就叫了
少女却在夏天的凉床上
睡成莲花
睡到今天
睡到久远
当我们打开
那本关于少女的书

她们就会醒来

那个男人
他知道每个少女的名字
知道她们的一些哀伤
一些绝望
他把他知道的告诉我们
就在这幢房子里
房子的四周开满了鲜花
我不知道
那花是少女还是少女绣的
窗棂上悬着午后的阳光
二百年前的阳光也这么安宁吗

故居需要优雅
作家需要房子
故居里每天有许多人
作家的门前却长满青苔
在二百年前
唯有风吹进这房子
风，旋转成一个个少女

她们来这里写作

写一位知道女人的男人

曹雪芹

刊于 1992 年 9 月《人民文学》

想到女人

在有月亮的晚上
看这枚银质顶针
我想到女人
四周回响起飞针走线的声音
我想到走过这顶针的女人
那些嫩葱样的手指
那些戴着银质顶针的荣耀
却不曾想
那一戴便是一生

孩子的岁月
男人的排场
家族的荣耀
都来自这顶针
和顶针里面的手指
千丝万缕地缝补

刺手锥心的血珠儿
向谁诉说
那些剪不断，理还乱

某一天
某一个戴着银顶针的女人
想起了手指
她看见手指正在枯萎
顶针却养得日益年轻

她为自己做死后的衣裳
死，也应该是美丽的
她想着自己死后的情景
银质顶针将再一次逃离
唯有她绣的花准时开放
她绣的鸟儿鱼儿无约而至
护送她荣归故里
那一天
她成为自己创造的花神

今晚，夜色奢华
我高高地举起顶针

那些逝去女人的美好容颜
一个个穿过这银质的圆孔
她们都以为抓住了什么
到头来
她们都没有逃脱顶针

今晚
银子的光芒夺走了明月
我听见女人的伤口
大声呼喊
也许
我正站在她们的泪珠上

刊于 1993 年 6 月《十月》

飞　天

哦，飞天

来自远古的飞天

我听见她胸中跳动着

那个早已逝去的时代

许多世纪前的宁静与高贵

仍然凝聚在她唇边

哦，飞天

这个人创造的超人

她把古老的土墙

飞上岁月的天空

把白云和彩虹飞成了舞蹈

永无终结的舞蹈

省略了多少纷繁的人间形式

没有姓名

没有历史
她创造的天空
成为一个符号
袖间永不落地的花朵
成为一种象征

哦，飞天
我无数次演绎她的舞蹈
想破译她那谜一样的舞姿
如何飞成东方流水
如何拯救
我们心中的皲裂

1992 年哈尔滨

最后的花园

——致约翰施特劳斯

你离开我们很多年之后
你的旋律依然在解救着那些吉他
大提琴和小提琴
解救着全世界的乐器
有时在金色大厅
有时在异乡的街头

你不在乎房子大小
你住在你的音乐里
那里陈设着你的时间
辉煌而奢华
应有尽有

你住在你的旋律里
那是你最后的花园
那里有足够的空间空气

养活着你

也养活着整个人类

2009 年 9 月

致乌兰诺娃

——写在新圣女公墓

在俄罗斯的天空里
白云变幻着你的舞蹈
风把你的名字含在口中

小提琴般婉转的舞姿
柔软了墓碑
舞鞋与时间的对话
仍然在石头上继续
想象你在早晨
轻轻跳下那块石头
优美的身影
把草地染成了深色

我也有一双舞鞋
沉睡在我的星辰中
此刻

它正从那块雨云飞来

扑棱棱落在你肩头

亲吻着你的墓碑

顷刻之间这块石头流下眼泪

2011 年 5 月

在维也纳金色大厅

今天没有演出

"蓝色多瑙河"破墙而去
只留下被音乐感动过的椅子
空气中布满指挥的手势
和眼神

一些疲劳的旋律
在墙壁中休息
它们打造的那些金质的名字
夺走了许多广场上空的星辰

一只鸟飞过大厅
它是去年的一个音符
是新年音乐会丢落的

那个明亮的高音

今天没有演出

2004 年 2 月

橘子熟了 *

——致盲人歌唱家周琪华

一

她唱《橘子熟了》
她还是个小姑娘
她的歌声
喷射着橘子的味道

她唱《橘子熟了》
她把橘子唱成了太阳
她把橘子味的太阳送给人们
却把冰凉的黑夜留给自己

听她唱《橘子熟了》那年
我还青涩如梅
今晨我轻轻敲开她的门
把一只喷着水雾的橘子

放在她手中
我说，这就是你

1991 年春

二

应该在她窗台上的玫瑰花
现在从她的容颜中绽放
她的帽子
就像悉尼歌剧院的屋顶
神秘地影着一片深蓝

两个民族的形象
两个民族的时间
两个民族的语言
都在她的身体里回响

她的歌声
依然在我少年时代的街道上
活着

有时是雕塑

有时是丁香树

有时是哈尔滨

老人们心灵的天空

1979 年 5 月

2015 年完稿

---

* 橘子熟了，苏联民歌。

在那遥远的地方 *

——写在王洛宾纪念馆

在那遥远的地方
在铁灰色戈壁包围中
绿洲突现
轻轻走进午睡的小城
只怕惊动你的安眠

你的房子已等我许久
等我跋山涉水地赶来
每踏上一步楼梯
脚下都溅起音乐
声声苍茫
步步生莲

玛丽亚从发黄的相片里看我
乐谱中可爱的玫瑰花
送来久远的暗香

久远的伤痛

人说，那个遥远的地方
走两步就到了
那两步真远
那两步你走了一生
你从永恒的音乐
跨入音乐的永恒

在那遥远的地方
你忘记世间苍老如许
用苦难养活了《沙里洪巴》
《在银色月光下》的《小白鹿》
《羊群里躺着想念你的人》
还有《喀什噶尔》
《阿拉木汗》和
《达坂城的姑娘》……
你把生命分给了他们
你是这片土地上真正的王

在那遥远的地方
总有某个时间

总有某个人在唱你的歌

你举起的半个月亮

被滚滚红尘越擦越亮

清辉如水

滋养着广阔的时间和大地

2009 年 9 月

---

* 《在那遥远的地方》《沙里洪巴》《在银色月光下》《小白鹿》
《羊群里躺着想念你的人》《喀什噶尔舞曲》《阿拉木汗》《达
坂城的姑娘》等都是王洛宾创作的歌曲。

音　乐

在音乐的国度里
魔法造出土地和森林
小草并不比大树轻薄
鱼群举着万家灯火
点亮海底世界

十二个音符重建的社会
比文字的历史更久远
在音符与音符之间
游走着无数不死的灵魂

音乐，柔软而坚硬
有时是一层窗户纸
有时是铜墙铁壁
有时是一生也走不到的地平线

2009 年 1 月

古玉簪

——写在国家博物馆

一个不认识的少女之死

成就了这枚玉簪

它的温润是一道千年符咒

吸尽尘世肉体最后的精血

玉簪在诉说

说"关关雎鸠"

还是说"独上高楼"

我听不清

即使听清也不能转身

即使转身也不能招呼

即使招呼也不能相助

柜子把我们隔在不同的时间中

在国家博物馆的橱窗里

一切都尘埃落定

那玉簪有足够的时间绽放奢华

阅遍人间眼神

2014 年 11 月

流浪北京

流浪北京

窗外寻寻觅觅的雪花
每一片都是我老乡
它们来自母亲走过的街道
穿山越水
流浪北京

我在千里之外的暖气旁怀想
故乡的轮廓
被时间慢慢绘出
大雪深处就是我家
那幢巴洛克建筑被雪重塑
背对着太阳
在城市的掌心里微微闪耀

阳光没过楼群
我的亲人在雪地里行走

他们蠕动的脚步

无声无息

弱小的背影

连接起天地

过了这个冬季

春天就到了

该对你们说些什么

我的亲人

当凛冽的寒风撕捋着你们

千万片雪花便在我稿纸上降落

雪一点一点融去

流向低洼的地方

我的心温润如初

哦，故乡

我与你的情感

永远是白雪与大地的关系

1992 年 12 月北京

故 乡

许多年后
幼年的故乡
成了我诗歌的故乡

远处的游轮
吹来哈巴涅拉舞曲
布拉吉　手风琴
小女孩在斯大林公园的椅子上
睡成一颗山里红

一些花飞如雪的日子
一些雪飞如花的日子
分不清
满目飘零的是雨雪
还是丁香

是绿皮火车

还是吱吱作响的老秋千

送我背井离乡

我在稿纸与自行车轮之间

在太阳与星辰之间飘荡

拾起电话

听筒里伸出盛开的丁香

闭上眼睛

一滴泪比江水更辽阔

我不知道

是否还有力量面对流水

我不知道

此刻的松花江

是从哈尔滨城里流过

还是从我心中流过

1992 年 12 月北京

怀念火炉

南飞的大雁丢下哀鸣
和着秋雨落满我的头发
把外祖父葬入大江的时候
外祖父没有死
落叶翻卷着往事
在天一印书局楼下私语

回到火炉边的时光
屋里充满烤土豆的香气
外祖父教我念书
他的声音烧红了炉火
也烧红了文字，从此
那些打开世间的文字
便铸进了我的生命

那个秋天

脚步沉沉

披肩深深

紧紧裹着我的悲伤

我怕一不小心

这个秋天就会哭出声音

这个秋天

树叶刚黄

雨雪已经没过我的眼睛

寒流正在逼近

我没有害怕

我心里堆满火烧过的文字

1992 年秋哈尔滨

鸽子来了

鸽子来了
在楼群与楼群的狭小空间
在人河车流的上面
鸽子来了
它们带来阳光和天空

鸽子来了
鸽哨落满我的发肤
这些上帝指缝中落下的音符
让我不止一次地仰望
每一次仰望都热泪盈眶
每一滴热泪都来自远古

来了，鸽子
它们来自天上的房间
轻柔又强大的音乐

如透明的雨扫过城市

感动大地

花朵放声痛哭

鸽子来了

一群群自由的音符

落满人们的屋顶和眼睛

鸽子来了

鸽子飞成许多美丽的图案

补充我们心灵的天空

1989 年 9 月

刊于 1993 年 6 月《十月》

青　草

昨夜的雨珠
把碧绿的童年碰落一地
我听见故乡
草，在轻轻地长
那是七岁的青草
站在街口绿地上
临风梳妆

七岁的青草没有脚
却有天真烂漫的舞蹈
七岁的青草拥着我
躺在草尖上
看云影覆盖了我和小鸟

我把青草含在唇边
鼓着脸腮

吹着歌曲
清凉就穿过我的身体

妈妈把青草编成小狗
摆在枕边
挂在胸前
我听见青草嫩嫩的心跳

哦，七岁的青草
手挽着手在蓝天下合唱
遥想今晨
青草微微起舞
向走过街口的亲人们
摇晃着晶莹可爱的泪珠

1993 年春月北京

水　葬

今天没有太阳
这种天气最适合怀念
亲爱的外婆
你的呼唤站在船头
最后一次指给我
生命和爱

风鼓起波浪
想着被你针线穿起的夜晚
想着九月的门扇碰响

整个秋天
我的泪光被水拦住
我怎能回避孤独和长夜
怎能逃避水的声音
我无法想象

你还原为水的时刻

在撒落骨灰和花瓣的水面上
一个女人刚刚醒来
衣摆的波纹盈满暗香
弥漫千里之外
从此　这世界每一寸水上
都有你的音容
从此水便注满我的枕头

1992 年秋哈尔滨

刊于 1993 年 6 月《十月》

霓虹桥

许多个夏天
我们跟爸爸去看火车
火车来了
穿过霓虹桥洞的火车
载着许多可能的火车
来了，火车
来了，又走了

火车烟囱跳出聊斋的女妖
她缠住了奔跑的火车
她震颤了我们脚下的桥
她一会蒙住老杨树的眼睛
一会缠住了房子的屋檐
一会剪断空中的电线
一会抓住桥上的汽车和行人
一会淹没了爸爸

我紧紧抓住桥栏
任凭她翻江倒海

火车远去了
火车与女妖搏斗着远去了
霁虹桥脱颖而出
眉清目秀
爸爸依然站在桥上
一动未动

2015 年 1 月

母亲的眼神

我不敢回头看
家门口挥手的母亲
我知道那盏昏暗的门灯
是母亲的白发点亮

我不敢回头看母亲
那俗世的眼神
我只想留给母亲
一个坚强的背影

在母亲的目光之外
我的眼泪打湿了寒夜
追随我的路灯
都是母亲的叮咛

哦，母亲

那不断滚落的
不仅仅是泪珠
就像我脚下延伸的
也不仅仅是道路

1988 年 3 月于 18 次列车上

读读诗吧

忧郁的时候

我对自己说

读读诗吧

诗中的泪水还没有浑浊

打开一本诗集

每页都有璀璨的觉醒

我才知道古人

早说完了所有的箴言

快乐的时候

我对自己说

读读诗吧

诗带我走向广阔的时间

路上一片树叶

正盖住我去年的脚印

树叶的一生，也许

正是我们的象征

读读诗吧
我被中伤的时候就对自己说
读读诗吧
诗中的韵律
是母亲在灯影里哼过的歌
它能修复我的伤口
它会送来俗世之爱
低微却温暖

读读诗吧
我微弱的声音
正在讨价还价声中下沉
想接住黎明中的星星
想用一生都对自己说
读读诗吧
诗里还有梦
播得很深很深

1991 年 12 月

刊于 1993 年 6 月《十月》

关于海

一个男人向我走来
他要我谈谈海

关于海
我还能说什么呢
许多年前
海是完美的
每一片海浪
都是腾向晴空的鸽子

我写过海
为写那首关于海的诗
我到过世界尽头
见过上帝的宝剑
　　　——舌头
当人间太宁静了

我们就听见
上帝抽动宝剑的声音

在飓风海啸来临的时刻
隐藏的海浪都跳出来变脸
一些变成了打手
一些变成了观众
整个宇宙在对伤口喝彩
而上帝却装作没有听见

我是诗人
在不写诗的日子里
我依然是诗人
一个不写诗的诗人
两袖清风
一无所有
我唯一拥有的
就是那些感动过我的日子
我为那些日子活着

那些日子给我力量
让我试着去宽容

每一粒吹打过我的沙石

每一片撕捋着我的海浪

那些窃太阳的华彩

装饰自己的形象

那些踩着人梯

把自己塞进历史的小丑

海滩上的脚印深深浅浅

它们吵吵嚷嚷

讨价还价

明天此刻

那些伪造的不朽就被清场

杳无踪影

我微微一笑

只有痛过的人才会这样笑

谁敢说心从未痛过

你的心要是没有痛过

你就不知道心在哪里

时间渐渐从海滩上退去

带走了该带走的

留下了该留下的

时间并不为证明什么存在
时间仅仅告诉我们
那些该发生的
都发生了

退潮了
我拾起一颗珍珠
这颗大海的心脏
饱含着海的全部赠言
海说：爱
海说：眷恋凡俗
然后
海给了我写海的诗篇

1991 年 6 月哈尔滨
刊于 1992 年 9 月《人民文学》

路

你走过许多路
读过许多关于路的文章
许多路
都是一条路

你走在你的路上
你看着路上
春华秋实，看着
生长或者死亡

你知道
路，是注定的
没人催促你
也没人挽留你
没有选择也不可能迟疑
世上是没有路的

只有走路的脚

你走着，看着
你的路
是普普通通的路
却是独一无二的路
所有的路标
都指向你的掌纹
那路
就是你自己

1991 年 5 月哈尔滨

刊于 1992 年 9 月《人民文学》

苹　果

一只苹果

怎样来到我的书案上

香气弥漫

向我伸来芬芳的手

一个收获时节女人的手

收获时节的女人

不相信成熟

她的胸腔里

跳动着长不大的心

她一点都没有察觉

当汗水流进苹果

自己也被上帝注满生命的浆汁

收获时节的女人对着苹果梳妆

苹果照亮女人

照亮她的前世与来生

收获的夜晚

女人咀嚼一只苹果

那是母亲一生中的某个瞬间

咬痛的却是自己的指尖

滴落的血珠

散发出苹果的气息

女人说不清那些恩恩怨怨

是怎样酿造了苹果的芳香

说不清成熟

值得喜悦

还是该淋漓痛哭

也说不清楚这只苹果

是怎样来到我的书案上

刊于 1993 年 6 期《十月》

五月的一天

我常常这样
放下书
看窗外的城市
我们的城市以服装 modern 闻名

我看楼下的街道
开放着五月的女人
五月穿着缤纷的长裙
覆盖了我们的城市
在熙攘的人群里
我又看见了那顶破毡帽
一闪一闪
我总看见那顶破毡帽
只要我放下书
望着窗外的时候

今天是五月的一天
那本书是鲁迅的书
鲁迅在许多个五月的那边
阿 Q 却穿过许多个五月
在今天
在许多地方
那毡帽配着高档西装
一闪一闪
甚至，在夜深人静的时候
我听见那幽灵的敲门声
敲我的门
敲所有人的门
门说，请进

这是五月
在我们的城市里
服饰比季节更迭得还快
唯有那毡帽
被每一个季节选中
成为不朽

1991 年哈尔滨

刊于 1993 年《诗刊》

一株茉莉走进我的房间

一株茉莉走进我的房间
送来 1972 年的香气
和母亲那个繁花似锦的窗台

一株茉莉走进我的房间
手风琴呼出草木的气息
我和弟弟的歌声
拦住石头路上的自行车
我们唱到茉莉睡熟
睡成红妆新娘

一株茉莉走进我的房间
她与我相拥
如梦如幻
然后她从房间的每个角落散去

今晨，我的案头上
几颗滴血的茉莉如泣如诉
我知道了
昨夜，确有一株茉莉
来过我的房间

2014 年 8 月

那　鸟

那鸟扑棱棱从歌里飞走
那鸟是你
晨光多么干净
你喜欢没有道路的天空

今晚，你苗条成一棵树
你是风景
也是眼睛
你知道世界冷漠又辽阔了
可是你飞不动了
你看着一只小鸟
从你歌里飞走

你想用金子样的歌声
打造一只金丝鸟笼
你还是留不住鸟儿

鸟儿只要飞

鸟儿不会因为金子留恋牢笼

1991 年 6 月哈尔滨

冬天，书房里有只蟋蟀

你在书橱后面歌唱
一定是我前世的朋友
我摆好水和粮食
帮着你捍卫夏天

哦，朋友
我把手伸给你
带我去找童年的月亮
我和它相约在教堂圆顶
带我去故乡的树林
让它们更换北京的空气

哦，朋友
我应该怎样回报
你赠予我的这个夏天

朋友，你的一生
是我的一个夏天
而我的一生
又是谁的夏天

　　　　　　2012 年 9 月

没有一片雪
落在错的地方

孩子，谢谢你

孩子，谢谢你
当你吸住我的乳头
那个害羞的女孩
便抽丝剥茧
化蛹为蝶
在那个充满活力的早晨
你睁开眼睛的时候
一个宽容智慧的女人
和你一起醒来

孩子，谢谢你
你给了我一个新名字
和初为人母的感觉
曾经消磨在镜子里的时间
如今分散在你身体的每个地方
一切"不可能"都变成"可能"

一切眼泪和不安
都在你呢喃时终结

孩子，谢谢你
如果说我是你的门
那你就是我的窗
一颗星星落入窗口
我找到了最勇敢的自己

孩子，谢谢你
谢谢你给了我这首诗
它将和你一起长大
证明我们是母子的
不只是血液
还有这首诗

1987 年春日

144

一条路的诞生

当你独自走过地毯
虽然只走了几步
一个新的世界就诞生了

世上不只多了一个人
世上还多了一条路
我的孩子
那是以你名字命名的路

1987 年 12 月

那就是你

太阳把你画在石头路上
一个高高的少年从路上醒来
一只小鸟穿过少年的身体
你和他一同捡起石子

妈妈，谁和我一起捡石子
　　那是你，孩子
妈妈，为什么它比我高大
　　那是你的明天，孩子

1988 年夏月

天上的羊群

你指着晚霞呼喊
火——火——
一片火就烧着了太阳
你指着那片云呼唤
羊——羊——
一群羊便诞生了

跟着你的呐喊
我看见一只羊追逐另一只羊
一只羊拥抱另一只羊
一只羊生下了一只小羊
一只小羊追着大羊吃奶
几滴乳汁
滴落在你的额头上

你的树条挥乱了晚霞

太阳沉入远树

妈妈，羊呢
　　羊回家了
妈妈，火呢
　　火留下了
　　火在你眼睛深处

　　　　　　1989 年 7 月

景山之夜

那一天
我们登上了景山

满城灯火
在你背后叮咚作响

妈妈，看星星
它们也住在北京

那不是星星，孩子
那是世间

1990 年国庆

没有一片雪落在错的地方

孩子，你每一次摔倒
我都心痛无比
可是无论我牵着你走
还是你自己走
摔跤都是前世注定

孩子，听见吗
一场大雪正在逼近
我们现在出门去迎接它
感谢每一场暴风雪
它会擦亮你一段生命
感谢每一次寒流
它会教你怎样与冬天共存

孩子
你去雪地里尽情翻滚

不要在乎冰雪灌进你的衣服

总有一天

你会与大雪讲和

你终将相信

没有一片雪花落在错的地方

1990 年 3 月 27 日

刊于 2017 年 4 月《诗刊》

明天的房间

把泰山带回家那天
你刚四岁，四岁
你就认识了一座山
我真羡慕你，孩子
这世上还有那么多山
等着你去认识

我知道
你将走得很远
你正在走出我的房间
你属于山
属于明天的房间
教你系鞋带的时候
我的眼泪打湿了春天

等你把高山走成平地

等你想起这个房间

也许这窗口

已经亮着别人家的灯

孩子，不要流泪

打开你背包里的小本子

你就看到了这首诗

它会帮你度过夜晚

到下一个早晨

你就长出了新的眼光

1991 年 7 月哈尔滨

生　日

再过一会儿
你就五岁了
让我的五根手指
做你的生日蜡烛
孩子
今晚世界是你的
我坐在房间深处看你

我坐在房间深处看你
看你脸上亮起星朵
看一只小海豚
游过淡蓝的音乐
看你把气球弹起
气球升起的每一个地方
都是世界的中央

我坐在房间深处看你

看你

看你吹动墙壁上的烛光

那时

我们听到月光流淌的声音

坎坷是注定的

那是明天的事情

今晚世界是你的

孩子

快张开你的小手

看星星落入你的掌心

看宇宙在你掌中慢慢开放

1992 年 3 月哈尔滨

刊于 1995 年《诗刊》

最后的玩具

你是我最后的玩具
价值连城
我的孩子，我真怕
你太快地长大

那些已经长大的人
被见识压得喘不过气来
时间是有重量的
时间如千军万马踏过我们额头
直到有一天我们说
我再也没有力量得到什么了
时间
就停在我们说话的地方

那些已经长大的人
知道许多事情

他们知道得越多

他们离坟土越近

我的宝贝

那些长大的人都羡慕你

羡慕你有那么多事情

还不知道

1993 年 3 月哈尔滨

刊于 1995 年《诗刊》

画　鸟

给鸟画上眼睛

大地便醒来

给鸟画上翅膀

天空便醒来

孩子

你还可以画鸟飞过的朝霞

太阳和城市

你还可以画鸟栖息的树

鸟巢和养鸟的人

你能画成千上万种鸟

唯有鸟飞行的道路

你画不来

那是鸟自己的事情

1995 年春日

关于军舰的对话

儿子，你又没上体育课
　　妈妈，看看我做的军舰模型

儿子，你升初中体育考试有 30 分啊
　　妈妈，这是二战时期的舰艇

儿子，你的体育会拉下总分成绩
　　妈妈，这可是巴顿将军的军舰

除了军舰你还知道什么
　　妈妈，刘备说女人是衣服
　　这军舰可就是我的兄弟啊

儿子，你将来要走向社会的
　　妈妈，我现在要一块电池

　　　　　　　　　1997 年冬

写在博物馆

看见那只陶碗
你就看见一个远古人跪在河边
双手合起掬一捧水
这只碗就诞生了

看砂岩上刻的骏马
看脖颈上依稀的弧线
那不只是一根缰绳
那上面有第一个牧人的指纹

看那石碑上的文字
一根线条里水声响起
要写干多少溪流
才站起这条永恒的线
一双眼睛在这条线中守望
望穿千年

终于等来了你

孩子
在每一件器物里
都跳动着一颗伟大的心脏
不同时代的眼睛
都在这里看你
孩子
别辜负那些唯一的线条与颜色
再看一眼，孩子
为了给你一指
我准备了一个时代

1998 年春日

在门那面

你会轻轻敲门了
也要求别人敲你的门
你需要门了

老房子门后银子敲响
那是你五岁的声音——
妈妈，来找我

我来晚了吗
我看见门那面
眼镜、可乐、乔丹牌运动鞋
墙壁已经被时代魔法破译
年轻的心早已穿墙而过
可是银子的声音不翼而飞

在门那面

是不同的光线和温度
台灯取代了太阳
课本吸收了你的笑容

缺少血色的面孔
就像你素描中的罗马青年
双手插在裤兜里
充满困惑的目光在问
有事吗

我是来找银子的
五岁的银子
还在吗

2005 年 3 月

送儿子

那个登机口就是远方
我听见了
你眼睛后面的欧洲
有刀叉掉在地上

看着你走向远方
你的头发
一团黑色的火焰
在你制作的封面里跳荡

期盼那遥远的城市接纳你
我愿意用眼中的星星
点亮它的路灯
我愿意取下唯一的唇红
渲染它的花园

你怎么不回头
孩子，我没有哭
在你转身的背景中
我和万物一起微笑

2011 年 6 月

祝　福

那一天
你必定要去远方
挡不住忧伤的风
一次次撩起我的头发
你单薄的背影融入人海
我真想你一出发
就在回来的路上

把你童年的画一张张展开
用它们铺一条七彩大路
你将从这条路上回来
太阳把你的影子印满人间

那一天
在你星光灿烂的眼睛里
飞走了那只叫萌萌的鸟

而你风驰电掣的胸膛
已然是朋友和姑娘的世界

在那些疲于奔命的日子里
我的每一天
都是一轮沧海桑田
我知道
你不会等我有了时间再长大
我恨不能用一个周日
给你一生的深爱

我见过那一天
曾经在你的画里见过
我听见那一天的脚步
已经来到我的门口
我只想让它来得慢点
再慢一点
让我从容地展开日子
好好爱你

2012 年 8 月北京

后 记

　　大约八年前，或者九年前，我在上海图书馆遇见作家王安忆，她对我说，没见你写作了，还在为生计奔波吗？

　　其实我一直在写作，只是当记者了，写的都是新闻报道，很少写文学作品。我的写作都是为了孩子、房子和衣食，好多年都是两份工作。按时下说法，我算是北漂。1995年我被招聘进京之前就已经在京城打工了。从哈尔滨到北京，我最好的时光都耗在迁徙上。让我欣慰的是，作为记者，我的每篇文字都没有辜负历史；作为编辑，我对待每一位作者都竭尽全力，这不仅仅是职业道德范畴的事情，而是因为文字于我有一种天然的吸引力。

　　这是我的第一本诗集。我给许多人做过书，从作家到企业家，从贫民百姓到部长高官，回望那些时间，真的是波澜壮阔。现在，人家要散场了，我刚刚排到售票窗口拿门票。也好，一个人在空荡的剧场里，看看那些被音乐感动过的椅子，那些伟大的音乐正在墙壁中休息，这也是一种难得的美好时光。按照汤因比的说法，从更广阔的时间看，一个时代也不过是一个瞬间，早几十年晚几十年都是一个时间，关键是要做好。反正人这一辈子，就是一条路，你走了这边，就看不见那边。

之前，我把稿子送给诗人刘立云，希望他能选一些发表。结果意外地收到他一篇中肯的回复，十分欣喜。这篇文字让我无比感动，便把此文摆在了书的前面。

因为这本书，我回到我工作过的作家出版社，纸张的气味是那么熟悉，我过去的同事们忙忙碌碌，那些指引人类进步的书籍，就是从他们手中制作出来的。他们给我搬椅子腾桌子找笔，让我坐下来读最后的清样，我就像回到家中看见了我久别的兄弟姐妹，一切都那么亲切，那么温暖。

在此，我由衷地感谢刘立云先生！感谢为此书工作的我的同事们和朋友们！萌娘叩谢！

2018 年 6 月 27 日

图书在版编目（CIP）数据

草木寓言 / 萌娘著 . -- 北京：作家出版社，2014.2

ISBN 978 - 7 - 5063 - 7321 - 0

Ⅰ. ①草…　Ⅱ. ①贺…　Ⅲ. ①散文集 - 中国 - 当代

Ⅳ. ① I267

中国版本图书馆 CIP 数据核字（2014）第 032574 号

草木寓言

作　　者：萌　娘

插　　图：刘以林

责任编辑：赵　莹

装帧设计：曹全弘

出版发行　作家出版社

社　　址：北京农展馆南里 10 号　　邮　　编：100125

电话传真：86 - 10 - 65930756（出版发行部）

　　　　　86 - 10 - 65004079（总编室）

　　　　　86 - 10 - 65015116（邮购部）

E - mail: zuojia@zuojia. net. cn

http: // www. haozuojia. com（作家在线）

印　　刷：中煤（北京）印务有限公司

成品尺寸：145 × 210

字　　数：95 千

印　　张：5.625

版　　次：2018 年 7 月第 1 版

印　　次：2018 年 7 月第 1 次印刷

ISBN 978 - 7 - 5063 - 7321 - 0

定　　价：27.00 元